꿈의 높이

시작시인선 0452 꿈의 높이

1판 1쇄 펴낸날 2022년 11월 24일
지은이 이미혜
펴낸이 이재무
기획위원 김춘식, 유성호, 이형권, 임지연, 홍용희
책임편집 박예솔
편집디자인 민성돈
펴낸곳 (주)천년의시작
등록번호 제301-2012-033호
등록일자 2006년 1월 10일
주소 (03132) 서울시 종로구 삼일대로32길 36 운현신화타워 502호
전화 02-723-8668
팩스 02-723-8630
블로그 blog.naver.com/poemsijak
이메일 poemsijak@hanmail.net

ⓒ이미혜, 2022, printed in Seoul, Korea

ISBN 978-89-6021-681-5 04810
      978-89-6021-069-1 04810(세트)

값 10,000원

꿈의 높이

이미혜

천년의 시작

시인의 말

누가 나에게 물었다, 어떤 때 시를 쓰냐고.

나는 슬플 때 시를 쓴다고 답했다.

기쁨은 함께 나누지 않아도 충분히 부풀어 오르지만, 슬픔을 가라앉히는 데는 곁이 필요하다.

여전히 나는 서정시의 역할이 삶의 고통과 쓸쓸함을 어루만지는 것이라고 생각한다. 나는 내 시가 누군가와 함께 울어 주는 일이었으면 좋겠고, 그리고 또 다른 누군가가 내 시를 읽고 또한 같이 울어 주었으면 좋겠다. 그래서 내 시에 대한 최고의 찬사는 내 시를 읽고 울었다는 말이다. 울음이 만들어 내는 질긴 연대의 힘을 나는 믿는다.

첫 시집에서는 제법 긴 소회를 적었다.

묵혀 둔 말이 많기도 했지만 다음을 기약할 수 있을까 싶어 말이 길어지기도 했다.

어찌어찌해서 두 번째 시집을 엮게 되니 부끄러우면서도 설레지 않을 수 없다. 이젠 조금 덤덤하게 말을 줄이리라 생각했는데 서울의 중심에서 대참사가 일어나 158명이 죽었다. 내 생일이었다. 이제 나는 해마다 이 무참한 죽음을 떠올리지 않을 수 없게 되었다.

결국 시 한 편을 더하는 것으로 이 글을 맺는다.

이태원에서

　이날 서양에서는 어린아이들에게 사탕을 준다죠 우리는
사탕 대신 죽음을 손에 받아 쥐었어요 사탕이 없더라도 충
분히 달콤했을 시간의 바구니에 말이죠 한 움큼 죽음을 입
에 넣고 굴려 보니 너무 차가워 눈물이 날 것 같군요 그날
나의 뺨을 붉게 달아오르게 하던 석양을 기억해요 어둠이
눈을 뜨는 거리는 또 얼마나 흥겹고 아름다운지요 음악 소
리가 쿵쿵 심장을 울리고 나는 가쁜 숨을 몰아쉬며 내 생애
마지막 축제를 즐겼어요 사람들이 쉴 새 없이 불어나 거의
숨을 쉴 수가 없었지만 갑판 아래에서 7시간을 얌전히 기다
리던 아이들처럼 골목에 갇힌 우리도 구조선을 기다렸어요
첫 신고가 들어간 지 4시간 만에 우리는 침몰했습니다 우리
는 구조되지 않았어요 수압을 이기지 못한 나의 영혼이 너
무 허둥거려 신발을 남겨 놓고 온 것을 뒤늦게 깨달았어요
내 발이 허공으로 떠오를 때 남겨진 것들 나의 안경과 나의
가방과 나의 휴대전화 그리고 나의 빈집…… 남겨진 것들이
너무 많아요 누가 나의 빈집의 문을 열지요 나를 위해 울어
주세요 나는 이제 비어 버려 더 이상 흘릴 눈물이 없답니다
오늘은 어제보다 슬픔의 키가 조금 더 자랄 거예요.

2022년 11월 긴 겨울을 앞두고
이미혜

차 례

시인의 말

제1부

제1부

목격자

목격자가 된다는 것은
심장 속에 비수 한 조각을 품는 것이다

칼에도 고삐가 있을까?
하지만 이미 때는 늦었을 것이다
모든 것을 알아 버린
칼의 심장은 잠들지 않는다

칼끝의 방향은
속단할 수 없다

침묵의 말

말은 침묵의 다른 입이다

길고 좁은 탁자가 가로지른 너머
말굽과 갈기를 지닌 말들이
히힝거리고 앉아 있다

말굽과 갈기 사이에 흩어진
의례적인 인사말, 가벼운 농담
분위기는 좋은 편이다

말하지 않거나 말하거나
어차피 결과는 같다
하지만 이렇게 많은 말들이 앉아 있는 건
그다지 불편하지 않아서 좋다

무엇보다도 깨질 염려가 없다
그들은 말하지 않는 것이 아니라
말해야 할 것을 말하지 않는 것뿐이기 때문에
침묵의 목소리는 늘 부드럽다

>
날름
나는 아주 잠깐
침묵이 내미는 혀를 보았다

신神과 산山

신을 산이라고 읽었다
나이가 들면서 오독誤讀이 늘었다

그들의 눈은 신을 보고 있었다
신문 한구석에 소개된 미국 드라마 제목
나는 아무렇지도 않게 읽었다
그들의 눈은 산을 보고 있었다

흑인이자 여성인 주인공이
진정한 자아와 삶의 의미를 찾아간다는
줄거리 소개를 읽으면서도
나는 여전히 중얼거렸다
그들의 눈은 산을 보고 있었다

제목을 잘못 읽었으리라고는 상상도 못 했다
그 여성이 맞닥뜨렸을 수많은 산을 떠올리고
그 오를 수 없는 높이만큼 깊은 절망을 생각했다
그 푸른 바닥에 자일을 내린 흑인 여성 작가와
주목받지 못한 고통에 로프를 건 흑인 여성 방송인
그들의 눈은 산을 보고 있었다

\>

빼기는 쉬워도 더하기는 어려운 것인데
눈이 흐려지면서 신들린 사람처럼
보이지 않던 것을 보게 되는 것일까

신에게 혹을 하나 붙이니
바닥을 붙들고 살아가는 내 눈으로는 닿을 수 없는
신의 높이
희끗희끗한 정상에 구름처럼 걸린 신의 영토가 보이고

그의 발아래
기도처럼 또는 형벌처럼 여윈 팔을 쳐들고 있는
지상의 자작나무들이 보인다
그들의 눈은 산을 보고 있었다

꽃이 진 자리

해마다 4월 이맘때면
연분홍 새끼손톱 같은
벚꽃 잎들 뺨을 적시고
가지 끝마다 노란 리본을 묶어
개나리꽃 꽃잎들 손을 흔든다

꽃은
짓무른 눈가에서도 피게 마련

그러나
꽃이 진 자리
저 우물같이 깊은 허공에서
살아 있는 것들의 뿌리가 자라는 걸
잊어서야 쓰겠는가

캄캄한 어둠에서 별을 줍듯
삶의 월력月曆에 총총히 박힌 죽음들
쓰디쓴 거름으로 길어 올려
봄마다 왈칵왈칵 꽃들을 토해 내는데

>
꽃이 진 자리
다시 봄꽃을 피워 올리는 것은
자연의 일이지만

꽃이 진 자리
바다처럼 깊은 허공을 기억하고 슬퍼하는 것은
사람의 몫이다

기억

어떤 기억들은 면도날 같다
떠올리는 순간만을 기다리며
날이 서 있다

대개 나는 그것들을 수면 아래 가두었다
시간의 강물에 서서히 침식되어
두 번 다시 떠오르지 말아라

그러나 감정은 잘 저장되지 않는다
그것들은 복받치는 특성이 있어
낡은 스웨터의 올처럼
잘 풀려 버린다

오늘처럼 흐린 날
잡아당기면 언제든지 터질 준비가 되어 있는
눈물의 끈들이
시간의 틈새에서 자꾸 삐져나오는 날

바늘 끝처럼 일어서는 기억들이 있다
한때는 내 것이었으나
이제는 시간의 문신文身이 되어 버린

비명을 나눈 사이

옆방은 귀가 얇다
공포가 빨리 건너올 수 있도록
귓속에서 바오바브나무처럼 거대한 공포가 자라나도록
그들이 얇은 벽을 세웠다

두터운 안개 너머
누가 저 비명의 모서리를 좀 치워 주세요
물소리와 둔탁한 소음들에 섞여
살을 에는 저 음성을

우리는 서로 비명을 나눈 사이

그 이야기를 듣고 있을 때
나는 아무 말도 할 수 없었다

비명의 씨앗이 심장 안으로
툭 떨어져
맹렬하게 자라나기 시작했다

개가 있는 풍경

시끄러
한마디와 함께
주인이 문을 쾅 닫고 나가자
격렬하게 개가 짖는다

몸무게를 실어
현관문을 득득 긁느라
철문이 덜그럭덜그럭하고
골목길을 지나는 아저씨가
저놈의 개 때문에 시끄러 못 살겠네
고함을 치고

윗집 할머니는
당신이 더 시끄러
한마디 툭 던지고 들어가고
그래 좀 시끄럽긴 하구나
나는 무심히 받는다

득득득득 현관문을 긁다
쿵쿵 덜컹덜컹 밀어 대다가

개는 지치지도 않고 짖고

그러는 저 개는
어디 발이 성하겠어요
문득 아이가 말한다

옆집 개는 이제 한길로 난 창에 붙어
월월 짖다가
다시 돌아와 현관문을 긁다가
또 창가에서 월월 짖다가
골목엔 어둠이 내린다
개가 득득 어둠을 긁어 내린다

어둠의 벽을
누군가 온몸으로 긁고 있다

시인이라는 직업

시집을 냈다
다행이다
이제 백수가 되어도
할 말이 있게 되었다
시인은
정년 없는 정규직
누가 당신 뭐 하는 사람이오 물으면
시 쓰는 사람입니다
이렇게 대답할 수 있게 되었다
가진 게 없어도
시 쓰는 사람이니까 그렇겠거니
명분이 서게 되었다
나이 들어 살길이 막막하여
구부러진 허리로 폐지를 주워도
혀 끌끌 차는 대신에
저것이 다 시의 뿌리를 길어 올리는 일이라고
바닥을 기어 본 사람만이 삶의 진실을 아는 법이라고
참 멋있어 보인다 할 것이다

시인이라는 직업
얼마나 아름다운가

결별

씨팔
욕을 하고 나니
한결 마음이 개운해졌다
문득 가슴속에서
툭. 하고 끈이 끊어지는 소리가 났다
비로소 나는
나를 붙들고 있던
오래된 둥지의 바깥으로 튕겨져 나왔다
조롱鳥籠이 되어 버린 둥지가
저만치 나뒹굴었다
욕 한마디 때문에
한 양동이 욕을 뒤집어쓸지도 모르지만
그까짓 거
창살에 뜯긴 나의 깃털 끝에는
아직 식지 않은 핏방울이
대롱대롱 매달려 있다
맑고 차가운 아침이었다
절룩이며 또 하나의 문턱을 넘었다

흐린 날에 생각하는 시론詩論

시인은
거대한 울림통이다
스쳐 가는 나뭇잎 하나
살짝 건드려도 크게 울리는
우주를 향해 사정없이 울리는
그 한 잎을 조상吊喪하느라 긴긴 밤을 새우는
그런 시를 쓸 수밖에 없는

텅 빈 울림통
자신을 비워 소리를 내는
거대한 슬픔 덩어리
시를 쓴다는 것은
그런 일이다
흐린 날에는 더더욱

우는 일

비밀

글짓기 시간이었다
나의 비밀을 한 자 한 자
원고지에 눌러 담는데
선생님이 내 이름을 불렀다

나는 나의 심장 소리를 들으며
원고지의 글자를 읽는 대신
허공을 읽었다
그때의 떨림이 지금도 전해져 온다

비밀의 입이
한 개의 귀에만 속삭이는 것은
치욕과 고통에도
숨구멍이 필요하기 때문이다

선생님은 아셨을까
어린 영혼이
습자지처럼 파들거리고 있는 것을
허공의 빈칸에 띄엄띄엄 채워 넣은 슬픔을

잘 쓴 시

며느리가 시집을 냈다고 보여 드리니
아무 데나 펼쳐 들고
시를 읽으신다

조그만 활자들이
눈썹 사이로 모여들어
어머님 눈가에 힘이 들어가고

가끔 단어를 잘못 읽기도 하며
띄엄띄엄 소리 내어 읽으시더니

그 작은 글자가 다 보이세요?
안 보이니까 글자를 틀리지
그런데 네가 시를 잘 쓰는구나
다 알아듣겠다는 표정을 지으신다

정말 내가 시를 잘 쓰나 보다
꽃잎처럼 향기로운 시간이
귀를 여는 저녁

\>

팔순을 바라보는 어머님이

시를 읽고 계신다

당신과 나의 시간

가끔 생각합니다
당신이 나를 기억할까

나는 기억에 남는 사람이었을까
우리가 한때 그저 스쳐 지났을지라도

아주 잠시 동안이나마
우리의 생이 포개지지 않았습니까
그 교집합의 순간이
어떤 흔적도 남기지 않았다면

그건 무척 슬플 것 같습니다
내가 당신의 시간 일부를 점유하고
우리가 한 좌표를 공유했는데

그때 당신과 나의 온기가 충돌하지 않았습니까
미미하게 시간과 공간이 일렁이고
우리의 스침이 물결처럼 우주로 퍼져 나가
낯모르는 은하계를 출렁이게 했다는 사실을
당신은 알고 있습니까

\>

가끔 생각합니다
내가 당신을 기억할까

미안하게도 기억하지 못한다면
잎사귀들을 떠나보낸 나무처럼
내가 비어 가고 있음을 슬퍼해 주기 바랍니다

우리의 오후가 저물어 가고 있습니다

제2부

나는 죽었다

나는 죽었다
죽음이 흙더미처럼 쏟아져 내려
눈을 뜰 수가 없었다

20m 높이의 토사 30만㎥
나는 그 보드라운 흙들의 무게를
상상해 본 적이 없다

나의 일은 무너뜨리는 것이 아니라 쌓아 올리는 것
나의 일은 묻는 것이 아니라 캐내는 것

그런데 모든 것이 한꺼번에 무너져 내렸고
나는 깊이 묻혔다
속도가 너무 빨라
누군가의 얼굴을 떠올릴 겨를도 없었다

설을 앞둔 연휴의 첫날이었다
낡은 것들을 털고 새로운 아침을 기다리는 그날
나는 아무것도 시작하지 못했다

A씨는 28살 젊은 일용직 노동자였다

굴착기 기사 B씨는 55살 임대차 계약 노동자였다

52살 C씨는 실종된 지 나흘 만에 발견되었다

나의 이름은 A씨거나 B씨거나 C씨일 것이다

그 외에도 나의 이름은 많다

중대재해처벌법 시행 사흘째

사람들이 1호 사건이라고 떠들어 댔지만

그로부터 열흘 만에 신축 공사장에서 엘리베이터 설치 작업을 하던

50대 A씨, 40대 B씨가 지하 5층 바닥으로 떨어졌다

3호부터는 더 이상 뉴스가 되지도 않을 것이다

채석장에서 흙이 무너지는 일은 흔했다

골재를 캐내며 파헤친 흙을 멀리 옮겨다 놓으려면

돈이 든다 안전 규정을 지키는 일은

돈이 든다 우리에게 쓸 돈은 없다

비용을 아끼기 위해 우리는 늘 그렇게 일했다

내가 성실하게 골재를 캐냈듯이

이제 누군가 나의 죽음을 캐내 다오
흙 속에서 멎은 나의 심장이 방금 전까지 뛰고 있었고
20m 흙더미보다 더 높이
나에게도 쌓고 싶은 것이 있었다고

내 몸 위에 부려진 흙은 축구장 크기
내게는 너무 큰 무덤에서
나를 캐내 다오
황금도 아니고 골재도 아닌
이 하찮은 죽음을

우는 사람

누군가 울고 있다

울음의 모서리는 날카로워
스치기만 해도 살이 베인다

울음은 피해 가는 게 상책
무엇으로도 뚫지 못할
두꺼운 침묵의 외투를 입고
재빨리 어둠으로 스며들어야 한다

피를 닦아 내는 물수건처럼
번지는 노을이 모든 것들을
희미하게 묻어 주기를 기다리며

어둠이 주룩주룩 흘러내리는
붉은 지평선

살을 에는 울음이
밤의 밑바닥에 흥건하다
끼이고 눌리고 잘리고 찢기고

떨어지고 떨어지고 또 떨어지고
밤의 컨베이어 벨트는 분주하게 울음을 실어 나른다

침묵으로 두 귀가 멀어 버릴 때까지

이런 젠장
어둠이 너무 많이 엎질러졌다

감사

아이들의 독후감은 대개
이렇게 끝난다
일제강점기에 태어나지 않아서 정말 다행이다
전쟁을 겪지 않아서 정말 다행이다
장애를 갖지 않고 태어나서 정말 다행이다
건강한 몸을 주신 것에 감사한다

우리는 감사하는 법을 그렇게 배운다
손을 내미는 대신,
타인의 불행에서 피어나는
감사의 꽃

그런 독후감은
쓰지 말라고 했다
다른 고통 위에서 독버섯처럼 돋아나는
안도와 행복은
죄악이라고

그런데 오늘
나도 모르게 감사했다

80년 오월 그날
다행히 내가 그곳에 있지 않았음을
그래서 그날 교복을 입고
산으로 끌려가지 않았음을, 다행히

벌레처럼 감사했다
그녀들의 증언을 들으며

몰락의 이미지

몰락한다는 것은
마치
접시가 깨지는 것과 같다

한때 희고 통통한 손가락들을 불러 모으던
먹음직스러운 바비큐의 기억
잘 구워진 욕망이 불러일으키는
경탄과 찬사가
그 접시에 그득하였다

접시의 과거를 기억하는 이라면
이제 굉음과 파편으로만 남은
접시의 추락에
연민의 눈길을 보낼지도 모른다
제법 쓸 만한 접시였는데!

하지만
접시는 바닥을 감추고 있었다
알맞게 익은 고기에서 흘러나온
붉고 검은 육즙

한때 살아 있었던 것들이 흘린 눈물

접시는 산산조각 났다
바닥의 정직함이
접시의 바닥을 드러냈다
접시는 당혹감을 감추지 못했다

쓸쓸한 결말이라고?
얼마나 더 흥건한 핏물을 삼켜야
당신의 접시가 만족하겠나

두 개의 기도

1

아버지 신이시여
당신의 은총으로 오늘 하루도 무사히 지났습니다
아이들은 바르게 성장하여 부모에게 순종하고
형제들은 화합하여 아름다운 가풍을 이루었습니다
넉넉한 가산과 명예로운 자리를 허락하시어
저로 하여금 당신께 영광 돌릴 기회를 주시니 감사합니다
아버지 신이시여
당신이 주신 귀한 아이가 대학 입시를 앞두고 있습니다
당신을 빛나게 할 아이입니다
당신의 뜻으로 만사형통할 것을 믿습니다

2

아버지 신이시여
저 자가 저의 집을 빼앗았습니다
이 추운 겨울날 우리 가족은 삶의 터전을 잃었으며
저는 홧김에 술을 먹고 아내를 때렸습니다
배우지 못하고 가진 것도 없으니 가난을 벗지 못하고
최저임금 몇 푼에 비정규직 일자리로는 살길이 막막합니다
아버지 신이시여

저의 아이가 나날이 비뚤어져 갑니다

그 아이는 충분한 돌봄을 받지 못했습니다 바라건대

그 아이가 갖지 못한 기회를 가진 자들의 것을 빼앗아 주
십시오

3

신의 귀는 하나

신은 누구의 기도를 들으실까

기도를 하는 시간에 공정함을 배울 수 있다면

그러나 지상의 입들은 눈이 멀어

자신의 혀밖에는 보이지 않네

수락水落
―가시가 있는 풍경

산이 실어 오는 공기는 차갑다
산그늘에서 아침은 더디 눈뜨고
저녁은 일찍 찾아온다

출근하는 이들의 분주한 걸음걸이가
사라지는 계단 아래서
느릿느릿 등산복 차림의 노인 몇이
아침을 거슬러 올라오고 있다

그 산에 물이 많다고 했다
석벽과 암반 사이로 맑은 물이 흘러
금류폭포, 은류폭포, 옥류폭포
이름도 그림 같은 폭포가 되었다

산은 멀리 있어야 한다
멀리서 찾아와 아침 산을 오르는 이들에게
화강암과 모래로 이루어져
나무가 살지 못하는 바위산
적실 것 없이 쏟아지는 울음은 아름답다

\>

그 산자락에도 도시가 밀려와
산으로 기어오르는 송전탑을 따라
똑같은 아파트들이 삶의 보자기를 풀었다
더 이상 밀려날 곳 없는 서울의 외곽
산 대신 아파트의 계단을 오르는
삶의 질긴 뿌리들

이 학교에 오고 싶지 않았어요
그 말은 이렇게 들린다
이 동네에서 살고 싶지 않았어요
똑같은 책상과 똑같은 의자에서 돋아난
아이는 가시처럼 목소리를 세웠다
가늘어질 대로 가늘어진 뿌리가 뾰족하다

등산복 차림의 노인 몇이
느릿느릿 계단을 오르는 아침
나무가 살지 못하는 산의 물줄기들은
마르지 않는 슬픔을 벼랑에서 떨어뜨린다

밥과 밥그릇

예로부터 밥이 하늘이라 했다
먹고사는 일이 중함을 이르는 것이다

과연 밥의 위세가 대단하여
어느 날인가부터
밥 많이 먹은 사람이 대접받게 되었다
밥 대신 밥그릇 수가 하늘같이 여겨졌다

어른이 아이보다 밥을 많이 먹으니 공경받음이 순리이고
남자가 여자보다 밥을 많이 먹으니 또한 위에 섬이 당연하며
가진 자가 못 가진 자보다 밥을 많이 차지하니
그가 법과 학문을 지배함이 세상 이치라 했다

밥을 나누는 것은 함께 하늘을 모시는 일이라
하늘 아래 만물의 평등함이 밥의 공평함에서 나오는 것인데

밥이 아니라 밥그릇을 모시게 되고부터는
남의 밥그릇을 빼앗기도 하고 걷어차기도 하여
밥을 독차지하는 자가 하늘이 되었다

＞
그 하늘 아래
더 넓고 더 깊게 아가리를 벌리는 밥그릇
이제 밥그릇은 만인의 머리 위에 올라서
하늘이 되었다

늙은 나무 이야기

무성함이 떠나고 남은 것은 막막함이다
막막함의 표면은 딱딱하고, 거칠다

구부정한 어깨를 뒤덮던
명랑한 이파리들과 뺨 붉은 꽃들이 지자
그의 주변을 둘러싼 허공이 드러나고
옹이와 마디로 울퉁불퉁한
그의 내부는 그대로 남았다

드러난 것들의 결점은
더욱 확대되어 보이는 법
치장을 벗은 탐욕이 검버섯처럼 돋아 있고
마르고 뒤틀린 정신의 가지들은
허공을 쑤셔 댄다

늙는다는 것은
단순하고 거대한 정신의 덩어리가 된다는 것

한때 교양 있게 이기적이었던 그는
이제 좁은 침대에 웅크려

남은 재산을 셈하거나
한없는 불평으로 지루한 날들을 채우고

더 길어 올릴 것 없는 생애
쓸모없어진 뿌리를 꼼지락거린다

우리

무슨 말끝인가 내가
우리 학교는
이렇게 말했더니

아, 선생님도 우리라고 하는구나, 우리 학교

그 순간 깨달았다

7년을 몸담은 학교
나는 우리가 동료라고 생각했는데
단 한 번도
저 울을 넘어
우리의 일원이었던 적이 없음을

나는 빗장 지른 울타리 밖

비정규직 기간제 교사

연구수업 참관기

나는 가끔 사라졌다 나타났다

본의 아니게 내 메신저는 언제나 켜져 있어서
본의 아니게 전체 공지가 수신되었다

오늘은 연구수업 하는 날
몇몇 자리가 비어 있었다
나는 부재 위에 걸터앉았다
어차피 나는 직업적 부재 전문가이므로

내 오른쪽이 오른쪽으로 몸을 돌려 말을 건넸다
내 왼쪽이 왼쪽으로 몸을 돌려 말을 건넸다

문득 한 선생이
나의 균형 옆자리에 슬그머니 앉았다
수업 아니셨나요
이렇게 친절하게 걱정해 주는 이도 있다
네, 시간을 바꿨어요, 제가

12시 40분 평가회를 앞두고

부재와 존재 사이에서 잠시 망설였다
12시 58분 여전히 나는 내 자리에 있었다
어차피 나는 직업적 부재 전문가이므로

퇴근 무렵이 되자 단톡방이 분주해졌다
연구수업 하는 날
평가회는 조촐한 회식으로 이어진다
아마 그럴 것이다

쌤들 어서들 오세요
다행이다 나는 출장 중
그 편이 낫다 이런 경우에는
여기저기서 약속된 대답
네 네 네 네

나는 가끔 나타났다 사라졌다

그리고
자기들끼리
친절하고 예의 바른 정규직 교사들은

자기들끼리

늦도록 연구수업 이야기로 꽃을 피울 것이고

그들이 가르치던 아이들은

자라서 비정규직 노동자가 될 것이다

이 수업은 연구해 볼 가치가 있다

텔레비전 속 아이들은 사랑스럽다

텔레비전에 나오는 아이들은
사랑스럽다

그 집 거실이
우리집만 하다
우리 아이들이 조물락거리던 장난감 따위
찾아볼 수 없다
유치원에 가면 볼 수 있던
놀이방이 있다

얼굴 보기 힘든 아빠
직장에서 종종거리며 달려오는 엄마
그 집 아이들은 알지 못한다
아빠는 하루 종일 아이들과 놀아 주고
엄마는 친절하고 좀처럼 화를 내지 않는다
자신의 아이들 외엔 아무것도 돌아보지 않는 부모의
사랑을 듬뿍 받은 아이들은
천진난만하고
세상 누구보다 깨끗한 얼굴이다

\>
우리 아이들 놀이터에서 흙장난하다
속셈 학원이랑 미술 학원 갔다
아 참 일요일엔 동물원도 갔지
아이들한테 그게 뭐람
그 집 아이들은 어릴 적부터
바이올린을 갖고 놀고
농장에서 자연 속에서 동물과 교감하고
여행을 다니며 세상 구경을 한다
조금 크면
조기 유학을 가겠지

그닥 예쁘지도 않고
동네 마트나 문방구 앞에서
극성맞게 떼를 쓰고 울기나 하는
텔레비전에 나오지 않는 세상 모든 아이들

나는
아이들을 좋아하지 않는다
채울 수 없는 욕망으로
징징대는 아이들을 달랠 수 없다

텔레비전 속
아이들의 깔깔거리는 웃음이 풍선처럼 날아오를 때
나는 텔레비전을 끄고 싶다

회개

골고다의 언덕이었으면 좋으련만

그곳은 너무 멀었다

거대한 회당會堂의 수많은 눈길 앞에서

그는 자신의 죄를 부르짖었다

고개를 들고 간구하고 싶었지만

부끄러움이 납덩이처럼 머리를 눌러

그는 신의 높이를 볼 수 없었다

그가 성실하게 살아온 자신의 삶을 회상하며

흰옷에 묻은 한 점의 얼룩처럼 자신의 죄를 떠올렸을 때

그의 입에서는 봇물처럼 회개의 울음이 터져 나왔다

그는 평생 좋은 평가를 받았고 순탄한 공직 생활을 했으나

뜻하지 않은 일로 오해를 사 면직되었고

그처럼 뜻하지 않은 일로 오해를 샀거나 오해를 살 가능성
이 높은 이들이

그의 주변에 모여 그를 위로하고 격려했다

그는 더욱더 고개를 숙여

티끌만 한 자신의 죄악을 들여다보았으며

그 티끌만 한 죄를 씻기 위해

온몸을 쥐어짜는 눈물로 그의 불의不義를 헹구어 냈다

성능 좋은 세탁기같이 잘 돌아가는 거대한 교회당

아무리 더러운 마음이라도 희게 빨아 줄 것 같은
높은 천장과 황금색 창틀을 지닌 대형 세탁 통 속에서
그는 머리를 박고 바닥을 치며 충분한 회개를 지불하였고
사람 좋은 목사님과 교인들은
자신의 일처럼 그의 죄를 용서하였다
아니 무엇보다도 그의 마음속 깊은 곳에서 들려오는 목
소리가
그의 죄를 용서하였다 할렐루야*
신이 이토록 가까이 내 안에 거하거늘
왜 사람들은 저 멀리 높은 곳에서 하늘의 음성을 찾는
단 말인가
그는 죄 사함을 받은 자의 상쾌함을 고백하며
신의 위대함을 간증했다
구원의 전당 두툼한 은총으로 쌓아 올린 높은 담장 너머
그의 죄가 집채만 하다는 소리가 웅성거렸고
그의 죄를 증언하러 모인 이들이
누구에게 회개한 거냐고 고함을 치며 소란을 부렸지만
원래 인간에게는 타인을 용서할 권한이 없다
용서는 신의 전유물
신에게 회개의 플러그를 꽂은 자의 짜릿한 특권

어리석게도 저들은 마음의 평화를 밖에서 구하려 들지만
신은 이토록 가까이 내 안에 충만하거늘 할렐루야
형제님과 자매님들에게 둘러싸여
마음속 깊은 곳에서 신의 음성을 들은 그는
평정을 찾았다

• 할렐루야: '여호와를 찬양하다'라는 뜻. '존엄하신 하나님을 향해 그
  분의 백성 된 성도가 표현할 수 있는 최고의 존귀하고 가치 있는 신
  령한 언어'라고 교회 용어 사전에 나와 있음.

타협에 대하여

부모님은 왜 나에게
타협을 가르치지 않았는가
자존심을 세우느라 맞서는 일이 많았다고
누군가 그런 글을 쓴 것을 봤다

그는 당당하게 맞서 자존심을 지킨 대신
몇 가지 불이익과 불편을 감수했으리라
부당한 지시에 맞서
조금 한직으로 밀렸을지도 모르고
날카로운 논박 끝에
사표를 던졌을지도 모르겠다

그리고 말했다
부모님은 왜 나에게 타협을 가르치지 않았는가
사는 게 조금 힘들어졌다면서

그랬다 나의 부모님도 내게
타협을 가르치지 않았다

가난이 나에게 타협을 가르쳤다

타협은 배우는 게 아니라
본능처럼 자라나는 것이었다
밀린 고지서, 그 하찮은 종잇조각과
텅 빈 냉장고와, 맑은 눈동자,
늙은 부모나 철없는 어린것의 눈동자에서

타협의 검은 풀들이 벼랑을 타고 쑥쑥 올라와
발목을 휘감았다
산다는 것이 기껏 냉장고를 채우는 일이라고
살아남기 위해서 물러서라고
냉장고 안에서 찬바람이 불었다

벼랑 아래에는 무엇이 있을까
나는 벼랑 아래로 자존심을 내던졌다
다른 것들도 하나씩 내던졌다
세상에는 가르친 대로 살아도 되는 사람과
가르치지 않은 것들을 배워야 하는 사람이 있었다

사표를 던진 사람은 별일 없이 살아남았다
자존심을 던진 나도 어쨌거나 살아남았다

그런데 사표도 자존심도 아닌
다른 것을 던진 사람도 있었다

정리해고에 맞선 쌍용자동차 해고 노동자는
경찰의 손해배상 소송과 생활고에 시달리며
기약 없는 복직 협상을 하다
그의 삶을 내던졌다
벼랑 아래로

부당 해고에 맞선 KTX 여승무원은
대법원이 판결을 뒤집고 임금을 반환하라고 하자
빚더미와 함께 자신을
내려뜨렸다
벼랑의 뿌리를 향해

사표를 던지는 대신
일터로 돌아가길 원했던 사람
자존심을 던지는 대신
자신의 삶을 통째로 내던진 사람

＞
두려움의 한 귀퉁이를 밟고
벼랑의 바닥으로 내려섰을 때
가장 낮은 음에서 가장 높은 소리가 났다

세상에는 세 부류의 사람이 있었다
타협을 배우지 못해 당당한 사람과
냉장고 속의 벼랑과 타협한 사람 그리고

어떤 높이도 그를
벼랑에 세울 수 없는 사람

그러므로
타협에 대하여
함부로 말하지 마라
죽어서야 살아 있음이 알려진 이의 바닥을
함부로 말하지 마라

그 섬 이야기
—제주 4·3, 70주년에 부쳐

해외여행이 드물었던 시절
그 섬엔 어딜 가나
갓 식을 올린 젊은 부부들로 넘쳐 났다

노오란 유채꽃 향기와
검은 돌하르방과
길쭉한 이파리를 넘실거리는 야자나무들

눈 덮인 한라산의 아침은 희고
푸른 바닷가에서 지는 해는 붉어
그 섬 어디서나 사랑을 해도 좋을 듯했다

그 섬에서 무슨 일이 있었는지
아무도 이야기하지 않았으므로
그 바다 그 들판 그 동굴
그 풍광 좋은 섬의 산기슭을 뒤덮은 것이 무엇이었는지
그 그림 같은 바닷가에 흐르던 것이 무엇이었는지

아무도 말하지 못했으므로
산책을 하고 입을 맞추고 그 섬에 살고 싶다고

아름다운 섬이라고 웃고 떠들었다
입을 다문 돌에게
숨을 죽인 바람에게
그 붉은 기억을 울컥거리는 동백꽃에게
뭍에서 온 외지인들이 함부로 말했다

그때도 그랬다 함부로
그 섬에 뭍에서 사나운 바람이 불어와
젊다는 이유만으로 남자들이 죽었다
남자라는 이유만으로 할아버지와 어린 손자도 죽었다
가족이었기 때문에
한마을에 살았기 때문에
그냥 운 나쁘게 거기 있었기 때문에
미처 피하지 못하고 남아 있었기 때문에
여자와 노인과 갓난아기도 죽었다

그냥 사람이기 때문에 죽었다
도둑이 없고 거지가 없고 대문이 없다는 섬
평화롭고 순박한 섬
땅이 귀하고 물이 귀한 섬에서

척박한 화산섬에서 유채꽃처럼 피어났기 때문에
흐드러진 생명이었기 때문에
그 섬사람이기 때문에 죽었다

시작은 4월 3일이 아니었다
그 끝도 4월 3일이 아니었다

해방으로 인한 기대감에 부풀었기 때문에
일제에 부역했던 경찰에 다시 치안을 맡기는
미군정의 강압적 지배에 불신이 커져 갔기 때문에
이승만의 남한 단독 정부 수립을 반대했기 때문에
생필품이 부족하고 콜레라가 만연하고 대흉년이 겹쳐
아, 그저 살기가 어려워 민심이 흉흉했기 때문에
언제나 그래 왔듯 서로 의지하고 힘을 모아 헤쳐 나가려
했기 때문에

아니, 어떤 죽음에는 이유가 없다
빨갱이라고
폭도라고 부르기만 하면
죽여도 됐다

그런 시절이 있었다

제주도 인구의 10분의 1이 죽었다
여자와 어린이와 노인이 3분의 1이 넘었다
대부분이 뭍에서 온 토벌대와 서북청년단에게 죽임을 당
했다

이글거렸던 섬의 대지가
머리부터 발끝까지 피로 물들어
고문당하고
겁탈당하고
학살당하고
그리고
역사에서 지워졌다

그 바다 그 들판 그 동굴
온 섬이 유적지 아닌 곳이 없고
수습되지 못한 살과 뼈 위에서 감자가 무럭무럭 자랐다
꿀꺽꿀꺽 죽음을 삼킨 바다는 살 오른 물고기 떼를 토
해 냈다

비명과 통곡조차 목구멍 속으로 밀어 넣은 이들이
살아남아 한날한시에 제사를 올렸다

그 섬 바람 많은 섬
침묵으로 빚어진 거대한 울음덩어리
항쟁이라 할까 학살이라 할까
이름도 갖지 못하여 그저 사건이라고들 부르는
70년의 밤들로 이루어진 섬

겨울 초입 11월부터 새순이 움트는 4월까지
짠바람과 폭설을 맞으며
그 섬을 에워싸고
저 뭍을 향해 붉은 눈을 치뜨는 동백의 고향

저기 저 캄캄한 바다 한가운데
부모를 잃은 갓난아기가 백발 성성한 노인이 된
70년 세월이 묻힌
거대한 무덤 하나가
웅크리고 있다

중대재해처벌법 덕분에

책을 읽는다

9월 2일 오후 5시경, 서울시 지하철 1호선 금천구청역 선로에서 광케이블 보수공사를 진행하던 40대 안전 노동자가 열차에 치여 사망했다. 그는 하청 노동자였다.

9월 3일 오전 11시경, 경기도 화성시에서 삼성물산의 반도체 생산 라인을 건설하던 30대 노동자가 5층 높이의 건물에서 추락해 사망했다. 그도 하청 노동자였다.

9월 6일 오후 7시경, 충청남도 아산시에서 오토바이를 타고 가던 50대 집배 노동자가 교통사고로 사망했다. 그는 명절 물량을 처리하고자 연장 근무 중이었다. 주말이었고, 야간이었다.

9월 10일 오후 2시경, 경상북도 영덕군에서 오징어 가공 공장 탱크 내부를 청소하던 노동자 네 사람이 유독가스를 마시고 질식사했다. 그들은 태국과 베트남에서 온 이주 노동자였다.

9월 20일 오전 11시경, 울산시 현대중공업 공장에서 가스탱크 절단 작업을 하던 60대 노동자가 이탈한 장비에 머리가 끼여 사망했다. 그도 하청 노동자였다.

9월 26일 오전 9시경, 경상남도 거제시 대우조선해양에

선박 블록을 납품하는 하청업체 공장에서 30대 노동자가 블록에 깔려 사망했다. 그도 하청 노동자였다.

9월 27일 오후 1시경, 충청남도 서산시 한화토탈 공장에서 태풍 피해 보수공사를 하던 50대 노동자가 작동 중인 크레인 위로 추락하여 사망했다. 그도 하청 노동자였다.

9월 28일 오전 10시경, 부산시 북항오페라하우스 공사 현장에서 크레인을 운전하던 30대 노동자가 크레인이 넘어져 사망했다. 그도 하청 노동자였다.

9월 29일 오후 2시경, 전라남도 목포시 공장 지붕에서 태양광 발전 설비를 설치하던 30대 노동자가 추락해 사망했다. 우즈베키스탄에서 온, 그도 이주노동자였다.*

이 글은 2019년에 씌어졌다

10월 4일 오후 1시경, 세종시에서 지하차도 방음벽을 설치하던 60대 노동자가 추락해 사망했다. 지역 언론 세 곳을 제외하면 《연합뉴스》와 《YTN》만 단신으로 보도했다.

같은 날 오후 2시경, 경기도 용인시에서 공사 작업을 하던 50대 노동자가 추락해 사망했다. 그도 이주 노동자였다.

같은 날 오후 6시경, 경상남도 고성군 화력발전소에서 배

관 작업을 하던 40대 노동자가 가스에 질식해 사망했다. 그도 하청 노동자였다.

글의 마지막 구절은 이렇게 끝난다

책을 읽다가 견딜 수 없어
고용노동부에 들어가 보았다

2021년 산재 사고 사망자(산재 승인 기준 공식 통계)는 828명으로 2020년 882명 대비 54명이 감소(-6.1%)했고, 사고사망만인율도 0.43퍼밀리아드로 통계 작성을 시작한 1999년 이후 최저 수준입니다.
사망 사고 발생 기준(조사 통계)으로는 2020년에 비해 101명이 감소(768→667명, -13.2%)했고, 계속해서 역량을 집중한다면 올해는 700명 초반대까지 사망 사고를 줄일 수 있을 것으로 전망됩니다.**

올해도 적어도 700명은 죽겠구나
먹고 살기 위해서 죽어야 하는구나

＞

보도 자료의 제목은

중대재해처벌법 시행에 따른 2022년 산재 사망 사고 감
축 추진 방향 발표

중대재해처벌법이 시행되어도

5인 미만 사업장은 적용이 안 된다

지난해 산업재해 사망자 828명 가운데 5인 미만 사업장
의 사망자는 317명, 38.3%

그리고 50인 미만 사업장은 2년간 유예

지난해 산업재해 사망자 828명 가운데 5인 이상 50인 미
만 사업장의 사망자는 351명, 42.4%

전체 사망자의 80.7%이다

중대재해처벌법 덕분에

산업재해 사망자의 19.3%는

목숨을 건질 확률이 높아졌다

이 장밋빛 전망 앞에 한국경영자총협회는 연일 비명을
지르고 있다

처벌의 공포로 혼란에 처했다고

심각한 경영 차질이 우려된다고
명백한 고의와 과실이 없는 한 처벌하지 말아야 한다고

중대재해처벌법 덕분에 알게 되었다

사람 목숨
참
가볍다

* 강남규, 『지금은 없는 시민』에서 인용. 그 아래 이어지는 인용 구절도
같은 책이다.

** '중대재해처벌법 시행에 따른 2022년 산재 사망 사고 감축 추진 방향
발표'(출처: 고용노동부 홈페이지의 보도 자료)에서 인용.

제3부

임을 위한 행진곡

주먹으로 허공을 두드렸다
수도 없이

얼마나 오랫동안 두드렸을까
저 단단한 벽을
45도 각도 저 가파른 꿈의 비탈을

아직 끝나지 않았다

문이 열릴 때
—승강장에서 전철을 기다리며

—문이 열릴 때 위험하오니
  손을 짚거나 기대지 마십시오

적막한 거리를 보면 당신은
가두시위가 떠오른다고 했다
그때 우리는 어렸다
겨우 스무 살 초입이 아니던가
사람들 사이에 섞여
신호를 기다릴 때
나는 정지된 심장을 들고
그 자리에서 달아나고 싶었다
풍선처럼 침묵이 부풀어 오른 거리에서
세상에서 가장 무거운 구두를 끌고
내 삶의 출구를 찾아 두리번거렸다
굳게 입을 다문 건물들과
붉게 상기된 창문들 사이
적막만이 짓누르던 그 거리에서
당신도 그랬구나
여전히 그 기억을 들고
오늘까지 걸어왔구나

시작도 끝도 없이 봉쇄된 스무 살 무렵
삶에는 퇴로가 없다는 걸
깨닫기엔 너무 새파랬던
그 시절

거대한 손잡이가 되어 버린 침묵의 거리에서
어디에도 기댈 수 없었던

우리에게
다른 문은 없었구나
스스로 위험의 일부가 되어 열차를 기다리던
그게 우리의 시작이었구나

달팽이의 사랑법

결코 뛰지 않는다
끈적끈적한 촉수로 한없이 천천히
발자국을 찍으며 간다
그 뿔은 우주의 더듬이
자그마한 집 한 채 지고
공기와 바람과 교신하며
멀고 외로운 항행航行을 한다
그는 자웅동체
한 몸에 여자와 남자가 함께 살며
제각각 다른 짝의 남자와 여자에게 구애한다니
사랑에 빠지는 그에게
성적 정체성 따윈 중요치 않다
그저 다른 달팽이를 둥글게 감싸 안아
둥글게 둥글게 서로를 사랑할 뿐이다

달팽이는
그 한 몸에서 씨도 건네주고
입으로 퐁퐁 밀어 올려 알도 낳으며
어린 달팽이의 부모가 된다
달팽이에게 아빠와 엄마를 구분하는 것은

어리석은 일

그는 어린 달팽이를 이끌고

논두렁과 풀숲과 자갈길을 지나 천천히

아주 천천히 성긴 별 사이로 걸어간다

다이어트

한 숟갈을 덜어 냈더니
한 주먹의 허기가
머릿속을 떠나지 않는다
정작 몸무게는 줄지도 않고

아침에는 한 솥이 되어 버린
한 숟갈

배가 고플 때
저 한 숟갈은 얼마나 요긴한가

부족한 자의 밥그릇에 얹어 주면
세상은 좀 더 공평해지지 않을까
덜어 낸 자는 이렇게 오만해진다 그러나

주린 자의 허기를 채우기엔
너무 적은 한 숟갈

몸무게를 불리긴커녕
그의 아사餓死를 막지도 못할 것이다

\>

한 숟갈은
열 숟갈의 시작이지만
한 숟갈로 바뀌는 것은
없다

매생이 굴 우동

아홉 살 때 시설에 들어갔다
27년 동안
한 번도 치킨을 먹어 보지 못했다
김치볶음밥도
먹어 본 적이 없다
먹어 본 적 없는 음식은
식욕을 자극하지 않는다
전동 휠체어 위에 쪼그라든 삶
경제적이고 효율적으로
적게 먹고 적게 누고
적게 사랑하고 적게 생각했다
그가 시설에서 나왔을 때 비로소
그는 자신에게도
기호와 취미가 있는 것을 알게 되었다
가고 싶은 곳과
만나고 싶은 사람이 있었다
오늘은 교보문고에서 책을 고르고
식당에서 매생이 굴 우동을 시켰다
사람들은 흰 벽으로 둘러쳐진 어둠을
안전하다고 말했지만

검푸르게 넘실대는 매생이의 바다에서
그는 굴과 우동에 코를 박고
그가 가 보지 않은 바다를 생각했다
무덤보다 안전한 곳은 없다고
그러나 오늘은 이 매생이의 바다에서
모든 폭풍을 견디겠다고

꿈의 높이

꿈을 가진 이들은 대개
높이 올라가지

얼마나 높냐구?
지상에서 25미터 철탑

꿈의 영토는 외로워

왜냐하면 거기는
뭐든지 희박하기 때문이지

물도 음식도 공기도
사랑도 조금밖에 없어

꿈의 경작자가 되기 전
지상에서의 그의 직업은 노동자였대

아름다운 것들은
원래 그렇게 슬픈 거야
떨어지는 꽃잎을 봐

>

한 계절을 끝내려면
얼마나 많은 핏방울들이
지상을 적셔야 하는지

푸른 바닷가

푸른 바닷가에 살게 되었다
물살에 밀려
어둠보다 더 깊은 푸른 물살에 밀려
바닷가에 둥지를 틀었다
바다에는 얼마나 많은 죽음들이 살고 있는가
4월, 봄꽃은 피지 않고
학살이 쓸고 간 섬에서 죽은 애기들과
기울어진 배에서 돌아오지 못한 아이들이
손을 잡고 물 밑바닥을 거닐며
깔깔거리고 발장단을 맞추느라
작은 뼈들이 달그락거리면
바다는 간지러운 듯 몸을 뒤척이고
파랗게 언 입술들이 내쉬는 숨을 따라
새순을 밀어 올리듯
푸른 입김을 피워 올린다
물속은 너무 추워
아이들이 재채기를 할 때마다
바다도 어깨를 들썩이고
그 서슬에 일렁이는 물살이 기슭을 치면
깜짝 놀란 작은 돌들이

서로를 끌어안고 얼굴을 적시는

푸른 바닷가

나는 바닷가에서 살게 되었다

우리의 이야기를 들어 주세요

잠들지 못하는 음성을 들어 주세요

속삭이는 바람 소리와 먹먹한 파도 소리가

모랫벌을 적시는 4월

물살 치는 그 기슭에 묶여

나는 깊고 푸른 슬픔에 닻을 내렸다

소녀들의 연대기

여자아이들의 가슴이 부풀어 오를 때쯤
사내아이들의 목소리가 달라졌죠
이제 더 이상
우리는 같은 음 자리를 짚을 수가 없었어요
우리는 알 수 없는 힘에 이끌려
구르는 공처럼
깔깔거리며 뛰어다니고
화산이 기지개를 켜듯
우리의 내부에서 끓어오르는 속삭임들을
몸 밖으로 뿜어내느라
정신이 없었어요
우리는 달리는 바람과 성난 물결을
잠재울 수 없었어요
때가 되면 이가 나고 키가 자라듯
사내애들 코 밑에서
거뭇거뭇 수염이 솟아날 때
여자애들에겐 비밀이 생겼는데
그건 우리가 한 달에 한 번
생명의 집을 지었다 허무는 거라죠
아름답다고 생각한 적은 없어요

비밀은 아름답거나 추악한 것인데

우린 어느 쪽이죠

붉은 달의 정령들이 지키는

생명의 샘가에서

우리는 불안하고 두려운 밤을 보냈어요

그 여름이 끝나 갈 즈음

사내아이들은 땀으로 어깨를 겯고

여자아이들은 피로 맺어졌죠

낮은음과 높은음이 어우러지는 게 합창이라면

우리가 다시 소리를 모을 수 있을까요

우리의 노래가 담장을 넘어

꽃다발처럼 터져 오르는 소리로

하늘 끝까지 날아오를 수 있을까요

우리는 지금

폭풍 속을 달리는 중이에요

겨울을 만지다

해가 지고 있다

초겨울 해는 짧아서

풍경은 몸을 낮추고 서둘러

어둠의 저편으로 기어들고 있다

가만히 만져 보니

손끝에 흑연처럼 어둠이 묻어난다

이제 헐벗은 것들을 응시하며

적막과 고요를 견뎌야 할 시간이 오고 있다

한 아이가 거대한 기계 아래서 바스라졌다

열여덟 살 현장 실습생

그 아이가 12시간씩 일을 하는 동안

세상은 짐짓 평화로웠다

단단하게 둘러쳐진 평화의 벽 너머

고요 그 너머의 고요

적막 그 너머의 적막

보지 않으면 보이지 않는 섬들이

어디선가 자꾸 기울어지는 소리를 냈지만

우리는 이사를 하고 식탁을 차리고 분盆갈이를 했다

하지만 이제 겨울이 오고 있지 않은가

아이의 온기를 빨아들인 차가운 금속

이제 막 생의 끈을 놓친 아이의 차가운 피부
그 아래 잠들어 있는 얼음장 같은 꿈의 조각들
바다 밑같이 어두운 겨울 해가 저물 때
손끝으로 모여드는 냉기는
어둠의 그물을 당겨
모든 차가운 것들의 울음을 건져 올릴 것이다
긴긴 밤이 오고 있다

얼마나 다행인가
우리에게 아직
춥고 쓸쓸한 것들의 무게를 견뎌야 할 시간이
남아 있다는 것은

이제
우리가 울어야 할 시간이다

굴뚝

산타클로스는 굴뚝을 타고 내려와
선물을 주고 가지만
선물을 받기 위해
굴뚝을 타고 올라가야 하는
이들도 있다
양말도 트리도 반짝이 전구도 없이
생일 노래를 부르는 밤
우는 아이에게는 선물을 주지 않는
잔혹한 산타클로스와
밤새도록 썰매를 끄는 루돌프의 고단함이
별들 사이로 흘러가는 밤
하얀 노래가 걸린 하늘가에서
별빛 총총한 지상을 굽어보면
사랑이라든가
희망이라든가
그런 쓸쓸한 이름들이
밧줄을 타고 올라올 것이다

굴뚝, 하늘에 닿지 못한 연기煙氣들의 집
갈 곳 없는 이들이 깃드는
신의 겨드랑이

강철은 어떻게 단련되는가

광장에 천막 하나가 남아 있다[*]
하얀 천막을 둘러싼 노란 깃발들
노란 심지들
천막 안에 화로가 있나 보다

바람이 천막을 흔들고 갈 때
나는 풀무도 보았다
그 바람을 타고
향 끝을 사르는 노란 불꽃들

어디서 망치 두드리는 소리가 들린다
굽은 것을 두드리며 가슴을 치는 소리

이 거리가
거대한 대장간처럼 달아오르던 시절
누군들 푸르지 않았겠는가
푸르게 날이 서지 않았겠는가

그러나 이제는
끓어오르지도 곤두박질치지도 않는

적당한 온도에서

반짝이 불을 두른 가지를 늘어뜨리며
무디어진 것은 유연해진 것이다라고

한때 우리가 일으켜 세웠던 광장에
낙엽이 신념처럼 굴러다니고
잎을 버린 가로수들은
늙은 표정을 하고 과거를 이야기한다

하지만 아직
이 이야기는 끝나지 않았다
노란 불꽃 피어오르는 거리의 대장간에서
강철은 어떻게 단련되는가

강철은
물과 불 사이에서 단련된다
미지근한 것들은
강철을 단련시킬 수 없다

물과 불 사이
그 쓰라린 시간 속에서 수천 번
밤새도록 두드려 날을 세우고
대장간 벽에 걸린

잘 벼린 슬픔에서는
쇳내가 난다

* 지금은 철거된 세월호 천막이 남아 있던 2018년에 쓰다.

열쇠의 크기

사람들은
문을 여는 것은
열쇠일 것이라고 생각한다
큰 문에는 큰 열쇠
작은 문에는 작은 열쇠
철 대문에는 철컥거리는 쇠 열쇠
나무 문에는 달그락거리는 나무 열쇠
그러나
문을 여는 것은
가느다란 손가락이다
손끝에 힘을 모으고
손목을 살짝 틀어
저 닫힌 문을 열고자 하는
손가락의 의지이다
아주 작은 문이든
국경을 가로막은 거대한 문이든
열쇠의 크기는
중요하지 않다
닫힌 마음에 균열을 내는 것은
손끝에서 부풀어 오른

한 톨의 상상력
작은 구멍으로 미끄러지는
열쇠의 길을 만들고
저 문을 흔들어 대는
어떤 마음이다

깃털의 무게

무게는
직진하는 것이 아니다

하나의 깃털이 내려앉을 때
공중에 머무르는 깃털에는
바람의 무게가 얹혀 있다

저 허공에서
얼마나 많은 것들이
깃털의 걸음을 멈추게 하는지
부유하는 먼지들과 인사하고
살아 있는 것들이 남긴 숨결과
지상의 굴뚝들의 숨찬 기침의 무게가
그를 밀어 올린다

섣불리 내려앉지 못하고
천천히 세상을 훑고
온 세상 것들 다 쓰다듬는
깃털
보이지 않는 것들의 불안과 절망조차

어루만지며 쉽게 착지하지 못하는

그 가벼움에 담긴
세상의
무게

제4부

거미의 생生

몸이 아파
보험금을 탔다
큰애 등록금에 보탰다

시집 출간 기념회에서
후원금을 받았다
생활비의 귀퉁이를 조금 메웠다

내가 파먹은 생生의 꽁무니에서
나오는 은빛 실을 따라
길게 이어지는
거미의 시간

속을 다 파먹고 나면
무엇이 남을까

늦게 퇴근하는 날

앞자리 선생은 늘 퇴근이 늦지만
집에 가면 아내가 있다
그는 서두르는 법이 없다

옆자리 선생도 늘 퇴근이 늦는데
집에 가면 심심하단다
그에게는 남편도 아이도 없다

늦게 퇴근하는 날
마음은 이미 장을 보고 청소를 하고
달그락달그락
설거지통에 손을 담그고

며칠째 읽지 못한 조간신문과
꾸벅거리는 가방 속
그저 들고만 다니는 소설책 한 권
시간은 다 어디로 도망간 것일까

늦게 퇴근하는 날

\>

아내가 없는 대신

남편과 아이가 있는 나는

집에 가면

시간의 무덤 위에 오롯이 지어 올린

삶의 집 한 채

어두운 창을 열고 나를 맞는다

치통

어제저녁부터 이가 아프다던 남편은
아침도 거르고 치과에 갔다
나는 치통이 남긴 빈자리에 앉아
멀거니 식탁을 내려다본다
토요일이라 문을 연 치과가 있을까
이런 걱정보다는
주말 아침 설거지는 그의 몫이었는데
이런 생각을 한다
나는 왜 조그마한 일에만 분개하는가*
옹졸하고 비겁하다고
시인은 말했다
그렇지만 산다는 것은
얼마나 자잘한 일인가
남편은 늘 큰일에 감정을 터뜨리고
나는 좁쌀처럼 작은 일들을
삶의 항아리에 퍼 담았다
좁쌀 한 톨도 누군가의 손이 아니면
밥상 위에 오르지 못한다는 것을
나의 좁쌀만 한 소갈딱지는
뇌고 또 뇌며 말이다

자잘하고 미세한 신경에서 시작된 치통은
남편의 입 안을 점령하고
그가 치과에서 평화를 간구하는 사이
식탁을 점령한 이 통증은 무엇인가

* 김수영, 「어느 날 고궁을 나오면서」에서 인용.

쓸모에 대한 탐구

시 대신
이력서를 쓴다
쓸모없는 시 대신

이 행성에서 살아남으려면 쓸모가 있어야 한다
나는 쓸모 있는 인간이 되기 위해 노력했다

쓸모는 내 인생의 화두
자신의 쓸모를 입증하기 위해
긴 이력서를 쓰고
면접관에게 안간힘을 다해
나의 쓸모를 설득하면서
내 인생은 쓸모 속으로 수렴되었다

쓸모없이 웃음을 터뜨리는 꽃들의 최후를 알고 있나요 행
성에 전염병이 창궐하자 사람들의 발길이 끊어졌죠 꽃들이
잘못한 건 없어요 그저 꽃을 건네줄 자리가 사라졌기 때문
에 꽃이 시장에서 필요 없어진 거죠 시장에서 쓸모없는 존
재들을 쓰레기라고 불러요 꽃들은 쓰레기통에 처박혔죠 쓸
모없는 존재들의 집 말이에요 외로울 땐 꽃이 필요하지 않

겠냐구요 마음을 적셔 줄 아 당신 너무 순진한 사람이군요

쓸모없이 넓은 우주에서 쓸모없이 반짝거리는 별들 사이
이 동화처럼 아름다운 초록 행성은
분리수거 왕국

팽개칠 수 없는 모자
나는 쓸모를 벗었다 썼다 하며
숱 많은 불안과 근심을 가리고
쓸모에 대한 쓸모없는 생각으로
허송세월했다

어머니

그리움이나 어머니
이런 말을 들으면
까닭 없이 배가 고프다

무엇으로 채워 넣을까
냉장고도 열었다 닫고
아이들 과자 봉지도 뒤적여 보고
저녁상 물리고 잠은 안 오고

마음 바닥에 돌멩이 하나
점점 커져

아무리 휘저어도
떠오르지 않는다

장마를 기다리며

아버지는 어디 계신가
어느 맑은 겨울날 관악산 기슭에서
아버지는 삶의 문턱에 걸려 넘어지셨다
쿵 하고 천둥 치는 소리가 났다던가
비는 어디에 있는가
구름도 너무 멀어
아버지는 신선처럼 그 산에 남으셨다
산세가 험하고 바위가 많다는 산
등성이를 오르던 아버지의 가쁜 숨은
이제 어느 그루터기에서 쉬고 있을까
배낭도 스틱도 내려놓은 채
날은 여전히 맑고
가슴속에서 후득후득 소리가 난다
햇빛이 그렁그렁 쏟아지고 있다

뿌리

나는 뿌리를 가져 보지 못했다
내 아버지도 바람에 불려 검불처럼 떠다녔다
아버지의 뿌리는
고향의 어느 밭고랑이나 산기슭에
잘린 허리를 묻었을 것이다
단단하고 깊은 뿌리를 잃고
아버지는 평생을 비명과 신음으로 보냈다
뿌리를 자른 손들이
아버지의 울음을 틀어막아
아버지의 울음은 아버지의 내부에 뿌리를 내렸다
아버지의 고향은 함경북도 부령
고향 분들과 아버지는 조그만 땅을 사서
부령 동산이라고 이름 붙였는데
아버지의 마지막 분갈이는 거기서 끝났다
그리고 부령과 부령 동산 사이에서
태어난 나는
아버지의 울음의 귀퉁이를 뜯어 먹으며
아버지의 등에 업혀 바람산을 넘었다
나는 가을에 태어나
겨울에 실직을 했고

정규직이 비정규직으로 비정규직이 알바로 플랫폼 노동자로
세상이 바뀌는 동안
예리한 가위를 든 정원사들을 보았다
뿌리 없는 식물이 있어요
공기 중의 수분만으로 충분히 살 수 있어요
하지만 거짓말이다
뿌리를 자른 손들에게도 뿌리가 있다
이제 이 정원에 남아 있는 뿌리는 거의 없고
내 일생은 허공을 딛으며 유영해 왔지만

잎과 줄기에서도 가느다란 실뿌리들이 자란다는 걸
알고 있는가
뿌리의 투쟁은 끝나지 않았다

노안老眼

이제 나는
가까운 것들을 보지 못한다

한때는 근시에 난시를 앓아
눈앞의 삶만 바라보며
아등바등 살아왔다
그마저 늘 초점을 놓치고
수없는 흔들림이 일생을 지배했다

그러나 이제는
살 붙이고 살아온 남편도
품 안에 끼고 있던 자식도
멀찌감치 거리를 둬야
더 잘 보이게 되었다

그 대신

이쪽과 저쪽 사이

한 자락의 햇빛과 한 움큼의 공기

달려가는 길을 멈추고 잠시 숨을 고르는
　　투명한 바람 탁자의 얼룩 물잔 바닥에 어리는 빛의 산
란 담장 위의 초록 지나는 구름의 그림자 시간의 물결무
늬 같은

　　당신과 나 사이를
　　채우는 것들

　　나는 비로소
　　보이지 않던 것들을 보게 되었다

붙박이 가구

없으면 불편하지만
언제부터 그 집을 지키고 있었는지
눈여겨본 적은 없다
집에 딸린
기본 옵션이 아니던가
술김에 홧김에 탕탕 치고
아침이면 슬그머니 어루만져
적당히 손을 보면
또 그런대로 쓸 만하게 자리를 지켜
어느 집이나 하나쯤은 있을 법한 붙박이 가구
욕을 하고 발길질을 해도
참 튼튼하게 구석 자리를 지키던
붙박이 가구가

어느 날

자신의 뿌리를 들어내 버렸다
그 집으로부터 영영

열쇠

아이가 집을 떠났다
이제 내게는 열쇠가 두 개
우리 집과 아이의 집

엄마가 열쇠를 갖고 있다는 사실 때문에
언제나 불안한 걸 알고 계셔요?

비로소 알게 되었다
이 열쇠를 함부로 꽂아서는 안 되겠구나

이제 내가 열어서는 안 되는 문이 생겼고
나는 주머니에 열쇠를 넣어 둔 채
문을 두드리며 밖에서 기다려야 한다는 것을

비로소 알게 되었다
열지 않아야
열리는 문이 있다는 것을

잊혀진 문

오랫동안 열리지 않은 문은
자신이 문이란 사실을
잊어버린다

단단한 침묵으로 잠긴 청동의 자물쇠

어떤 균열이 그를 두드릴 때까지
문은 자신을 벽이라고 착각한다
벽은 문의 자의식이 되었다

시간의 재를 폭삭 뒤집어쓴 후에
문의 심장을 두드릴 수 있을까

누구세요

오래 지속된 기다림도 그렇다
오래된 사진틀에 넣어 둔 기다림은
잊혀진 문과 같다

기다림의 심장이 두근거릴 수 있을까

\>

하얗게 센 눈썹 아래

반짝이는 눈동자는 누구의 것이지

실금처럼 번진 주름들 사이로

걷고 있다

어디까지 왔을까
벼랑인지 허공인지
길이 보이지 않을 때가 있다

길이 보이지 않을 때는
쓰러진 것들도 길이 될 수 있다
가지런히 누워 있는 들풀들의 숨소리에
주파수를 맞추면
안개 너머로 걸어간 발자국의 음성이 들린다

삶의 귀퉁이에서 떨어져 나온 종잇조각이
예기치 못한 길이 되기도 한다
축축하고 아직 온기가 남아 있는
몇 개의 문장만으로도
출발선을 그을 수 있다

어떤 날은 길이 몸속에서 자라나
머리칼처럼 한없이 길어지기도 한다

그러나 그 어떤 표지판도 없이

어둠을 겹겹이 껴입고 견뎌야 하는
그런 날도 있다

걸음을 멈춘 발목에 대롱거리는 사념들이여
걷지 않으면 길을 잃을 일도 없겠지만
걷지 않으면 길을 찾을 수도 없기에

걷고 있다
더디지만, 걷고 있다

호모 노마드

나는 유목민의 자손
바람처럼 떠돌며 살아왔다

드넓은 평원에
나의 양 떼는 없었다
나는 초원을 달려 본 적이 없는 바람
삶의 갈기를 움켜쥐고
산소 희박한 고원과 앞을 막아서는 산맥
그 너머 끝없이 펼쳐진 사막의 능선을 탔다

아버지는 함경도 사내
한번 떠난 고향을
두 번 다시 밟지 못했다
충청도 논산 어디께라던가
이정표는 들판에 버려지고
어머니는 돌아갈 길을 잃었다

역사가 황토물처럼 쓸고 지나간 자리
뿌리 뽑힌 나무들 뒹굴고
길과 다리는 시커먼 물살에 쓸려

정주定住의 기억은 지워졌다

나는 바람의 딸
등에 혹을 지고 가시를 씹으며 걸었다

태초에 인류는 여행자였다네
창조적 삶을 찾아 방랑을 거듭했다네
위대한 도전과 개척 정신이 그들을 이끌었다네

그러나 우습게도
변변한 여행 한번 가 본 적 없이
나를 이끈 건
사막의 모래 바람

길게는 몇 년 짧게는 몇 달
나는 머물 수 없는 운명이었다
설렘이었으면 좋았겠지만
불안이 내 손을 쥐고 걸었다

삶이 끊임없이 등짝을 후려쳐

형벌처럼 낯선 세계를 떠돌아야 하는 자
나의 종족은
이 시대의 호모 노마드

저 광막한 세계화의 벌판에서
유목하는 인간

비정규직
노동자

해 설

바다처럼 깊은 허공을 기억하는 사랑의 마음

유성호(문학평론가, 한양대학교 국문과 교수)

1. 사랑과 회감回感의 순간들

이미혜의 두 번째 시집 『꿈의 높이』(천년의시작, 2022)는 시인 자신이 지나온 시간과 그때그때 마주쳤던 힘겹고도 빛나는 순간에 대한 섬세한 기억의 도록圖錄이다. 자신의 내면에 각인된 오랜 경험과 가치에 대한 고백과 탐구 과정을 선명하게 이어 가는 이러한 시인의 태도는 남다른 기억을 수습하고 그것을 새로운 현재형으로 확장해 가는 음역音域을 각별하게 성취해 간다. 동시대를 살아가는 타자들에 대한 시인의 지극한 연대의 마음은 이러한 확장성을 가능하게 해 주는 더없는 힘으로 작용하고 있다. 그 안에는 가파른 삶을 이어 가는 이들에 대한 관심과 사랑이 있고, 자신에게 가장 아름다운 언어를 던져 주었던 한 시절에 대한 애틋한 회감回感의 장면도 있다. 아마도 그녀가 시인으로서의 위상을 견고하게 갖추어 가는 동안 이러한 사랑과 회감의 순간들은 '시인 이미혜'를 끌어올리고 인도해 가는 값진 좌표가 되어줄 것이다.

이렇게 시인이 펼쳐 내는 세계 가운데 가장 소중한 것은 오랜 시간의 흔적을 들여다보는 시인의 정성스러운 시선이다. 이는 시간의 흐름을 따라 세계내적 존재로서의 삶을 투시하고 반성하려는 의미와 깊이 연관되는 것이다. 삶과 사물을 단순한 교훈적 자료로 치환하지 않고 그 안에 깃들인 시간의 파동을 통해 그것들의 역사적 존재론을 두루 보여 주려는 노력은 시인의 심안心眼을 신뢰하게 해 준다. 결국 시인은 세계내적 존재로서 가질 법한 따뜻한 사랑의 마음을 발화하면서 그 결실을 동시대의 타자들과 함께 바라보고 있다. 이처럼 스스럼없는 고백, 사랑하는 이들에 대한 지극한 마음, 간단없는 성찰의 의지는 이미혜의 이번 시집을 빛나게 하는 원형으로 다가오고 있다. 이제 그러한 세계 안으로 한 걸음 들어가 보도록 하자.

2. 꿈을 노래하는 '울림통'으로서의 시인

우리 시대의 서정시는 이제 이른바 '동일성 원리'를 더 이상 선험적으로 고수하지 않는다. 오히려 세계와의 불화

나 갈등을 자발적으로 발화하는 데 주력하는 경우도 많아졌다. 그로 인해 발생하는 시의 해체성과 난해성은 우리가 충분히 목도하는 바이다. 그럼에도 불구하고 서정시는 잃어버린 시간에 대한 상상적 탈환을 통해 어떤 순간을 회복하려는 열망을 여전히 버리지 않는 장르적 속성을 견지하고 있기도 하다. 그 가운데 이미혜는 잃어버린 시간의 상상적 현재화를 성취하고 그것을 가능하게 해 주는 사랑의 가치를 일관되게 노래하는 시인일 것이다. 그렇게 그녀는 서정시가 어떤 가치의 순간적 회복을 표현하는 장르임을 믿으면서 우리에게 사랑과 그리움의 말을 건네고 있다. 먼저 다음 시편을 읽어 보자.

며느리가 시집을 냈다고 보여 드리니
아무 데나 펼쳐 들고
시를 읽으신다

조그만 활자들이
눈썹 사이로 모여들어
어머님 눈가에 힘이 들어가고

가끔 단어를 잘못 읽기도 하며
띄엄띄엄 소리 내어 읽으시더니

그 작은 글자가 다 보이세요?

안 보이니까 글자를 틀리지

그런데 네가 시를 잘 쓰는구나

다 알아듣겠다는 표정을 지으신다

정말 내가 시를 잘 쓰나 보다

꽃잎처럼 향기로운 시간이

귀를 여는 저녁

팔순을 바라보는 어머님이

시를 읽고 계신다

—「잘 쓴 시」 전문

시인—며느리가 쓴 시를 시어머니가 읽고 계시다. "꽃잎
처럼 향기로운 시간이/ 귀를 여는" 순간을 불러온 것은 그
것이 "잘 쓴 시"였기 때문인데, 활자가 작아 잘 못 읽으시는
대목이 더러 있지만 어머님은 "네가 시를 잘 쓰는구나"라는
말씀으로 독자의 책무를 다하신다. 다 알아듣겠다는 팔순
어머님의 표정이야말로 시인으로 하여금 "정말 내가 시를
잘 쓰나 보다"라는 자기 긍정의 순간을 불러온 것이다. 어
디선가 시인은 "그리움이나 어머니/ 이런 말을 들으면/ 까
닭 없이 배가 고프다"(「어머니」)라고 노래하였는데, '시'와 '어
머니'가 겹치는 이 장면이야말로 그녀를 '잘 쓰는 시인'이게

끔 하고 세상을 한없는 사랑과 그리움으로 채우는 아름다운 순간일 것이다. 그래서 이 시편은 '시인 이미혜'를 구성하는 존재론이 불특정 다수의 동의를 얻는 과정에 있는 것이 아니라 생을 함께 나누는 이들의 삶으로 틈입하는 과정에 있음을 비유적으로 들려준다. 말하자면 그녀는 수많은 "당신과 나의 온기가 충돌"(「당신과 나의 시간」)하는 순간이나 "당신과 나 사이를/ 채우는 것들"(「노안」)이 출렁이는 순간을 담아 노래하는 "거대한 울림통"(「흐린 날에 생각하는 시론」)일 수밖에 없는 것이다. 시인은 그 사랑의 힘으로 동시대의 타자들과 함께 "우리가 울어야 할 시간"(「겨울을 만지다」)을 알아 가면서 그네들이 꾸는 '꿈'의 역설을 또한 발견해 간다.

꿈을 가진 이들은 대개
높이 올라가지

얼마나 높냐구?
지상에서 25미터 철탑

꿈의 영토는 외로워

왜냐하면 거기는
뭐든지 희박하기 때문이지

물도 음식도 공기도
사랑도 조금밖에 없어

꿈의 경작자가 되기 전
지상에서의 그의 직업은 노동자였대

아름다운 것들은
원래 그렇게 슬픈 거야
떨어지는 꽃잎을 봐

한 계절을 끝내려면
얼마나 많은 핏방울들이
지상을 적셔야 하는지

—「꿈의 높이」전문

　시집 표제작인 이 시편은 '꿈'의 반어적 속성에 대한 노래이다. "꿈을 가진 이들"이 추구하는 높이는 찬연하지 않고 외롭고 슬프기만 한데, 가령 그 높이는 "지상에서 25미터 철탑"이거나 "물도 음식도 공기도/ 사랑도 조금밖에" 없는 "꿈의 영토"이기 때문이다. 한 노동자가 "꿈의 경작자"로서 그 높이에 올랐지만 거기에는 잔혹한 한 계절을 끝내기 위한 "핏방울들"이 "떨어지는 꽃잎"으로 몸을 바꾸는 시간이 기다리고 있을 뿐이다. 이미혜의 시는 이처럼 "광막한 세계

화의 벌판에서/ 유목하는 인간// 비정규직/ 노동자"(「호모 노마드」)를 향하면서 오늘도 속절없이 무너져 가는 "꿈의 높이"에 대해 "사람 목숨/ 참/ 가볍다"(「중대재해처벌법 덕분에」)라는 항변을 던진다. 이미혜가 옹호하는 이러한 '꿈'의 고통과 아름다움 안으로 "바늘 끝처럼 일어서는 기억들"(「기억」)이 수없이 개입해 들어온다.

이미혜의 시는 아름답고 살가운 기억을 일차적 질료로 삼으면서도, 가장 아득하고 고통스러운 장면을 그 안으로 끌어들여 펼쳐 내는 우리 시대의 노래이다. 우리는 그녀의 시를 통해 서정시가 고통에 대한 공감의 순간을 불러오는 예술적 언어임을 알게 된다. 그 점에서 그녀의 시는 끊임없이 우리의 사유와 감각을 풍요로운 사랑과 고통 속으로 인도하는 증언의 예술이다. 그녀는 어떤 상황에 대한 가파르고도 진정성 있는 증언을 통해, '시인'이란 언어를 통해 타자의 삶에 공감하는 거대한 '울림통'임을 보여 준다. 존재 확인의 순간과 타자 발견의 순간은 그렇게 그녀 시의 최종 형식을 규율하면서 아름답게 번져 가고 있다.

3. 새로운 신성의 차원으로 도약하려는 시간의 표지 標識들

우리는 모두 유한한 시간성 속에서 자신의 존재 방식을 유지하고 완성해 간다. 그것을 초월하는 존재 방식은 불가능한 꿈일 뿐이다. 우리는 시간 내적 존재일 뿐이며 그 한계 속에서 저마다의 고유한 삶을 펼쳐 가게 되므로, 모두에게 시간이란 선험적으로 자명하게 주어지는 조건이 아니라 저마다의 경험을 통해 사후적으로 구성되는 삶의 자산인 셈이다. 이러한 관점은 우리에게 실존적 시간 의식을 부여하면서 뭇 목숨들이 가진 불가피한 유한자有限者로서의 성격을 우리에게 암시해 준다. 따라서 잘 씌어진 서정시는 이러한 시간 감각을 선연하게 담아 가면서, 우리로 하여금 순간 속에서 영원을, 어둠 속에서 빛을 바라보게끔 해 주게 된다. 이미혜의 시선과 필치는 그러한 속성을 선명하게 보여 준다.

어디까지 왔을까
벼랑인지 허공인지
길이 보이지 않을 때가 있다

길이 보이지 않을 때는
쓰러진 것들도 길이 될 수 있다
가지런히 누워 있는 들풀들의 숨소리에
주파수를 맞추면
안개 너머로 걸어간 발자국의 음성이 들린다

삶의 귀퉁이에서 떨어져 나온 종잇조각이

예기치 못한 길이 되기도 한다
축축하고 아직 온기가 남아 있는
몇 개의 문장만으로도
출발선을 그을 수 있다

어떤 날은 길이 몸속에서 자라나
머리칼처럼 한없이 길어지기도 한다

그러나 그 어떤 표지판도 없이
어둠을 겹겹이 껴입고 견뎌야 하는
그런 날도 있다

걸음을 멈춘 발목에 대롱거리는 사념들이여
걷지 않으면 길을 잃을 일도 없겠지만
걷지 않으면 길을 찾을 수도 없기에

걷고 있다
더디지만, 걷고 있다

―「걷고 있다」 전문

시인이 삶의 조건이자 난경難境으로 여기는 비유체들은
'벼랑' '허공' '길'처럼 일정하게 공간 형식을 띤다. 특별히
"길이 보이지 않을 때"를 상상하는 장면에서 시인은 자신의

인생을 '길'이라는 공간적 비유체로 담아내고 있는 것이다. 그러나 그녀가 취하는 지속적인 '걸음'은 공간 이동의 과정이 아니라 시간을 따라 흘러가는 그녀의 삶을 은유하고 있다. 그런데 그녀에게 길이 보이지 않을 때 길이 되어 준 것은 "쓰러진 것들"이거나 "안개 너머로 걸어간 발자국의 음성"이거나 "삶의 귀퉁이에서 떨어져 나온 종잇조각"이었다. 시인은 숱한 침잠과 좌절 속에서 "축축하고 아직 온기가 남아 있는/ 몇 개의 문장"을 통해 새로운 출발을 하기도 했고 "걸음을 멈춘 발목"을 성찰하면서 "걷지 않으면 길을 찾을 수" 없음을 깨닫기도 했는데, 그 "더디지만, 걷고" 있음이 그녀의 삶을 가능하게 해 준 것이다. 때로 "한 자락의 햇빛과 한 움큼의 공기"(「노안」)가 따뜻하게 감싸 주기도 하고 때로 "비명의 씨앗이 심장 안으로"(「비명을 나눈 사이」) 날카롭게 들어오기도 하는 삶의 길목에서 시인이 수행하는 이러한 '걸음'이야말로 가장 본질적인 그녀만의 존재론적 표지標識일 것이다. 그것이 시인에게 가져다주는 새로운 개안開眼의 과정이 다음 작품에 펼쳐진다.

신을 산이라고 읽었다
나이가 들면서 오독誤讀이 늘었다

그들의 눈은 신을 보고 있었다
신문 한구석에 소개된 미국 드라마 제목
나는 아무렇지도 않게 읽었다

그들의 눈은 산을 보고 있었다

흑인이자 여성인 주인공이
진정한 자아와 삶의 의미를 찾아간다는
줄거리 소개를 읽으면서도
나는 여전히 중얼거렸다
그들의 눈은 산을 보고 있었다

제목을 잘못 읽었으리라고는 상상도 못 했다
그 여성이 맞닥뜨렸을 수많은 산을 떠올리고
그 오를 수 없는 높이만큼 깊은 절망을 생각했다
그 푸른 바닥에 자일을 내린 흑인 여성 작가와
주목받지 못한 고통에 로프를 건 흑인 여성 방송인
그들의 눈은 산을 보고 있었다

빼기는 쉬워도 더하기는 어려운 것인데
눈이 흐려지면서 신들린 사람처럼
보이지 않던 것을 보게 되는 것일까

신에게 혹을 하나 붙이니
바닥을 붙들고 살아가는 내 눈으로는 닿을 수 없는
신의 높이
희끗희끗한 정상에 구름처럼 걸린 신의 영토가 보이고

그의 발아래

기도처럼 또는 형벌처럼 여윈 팔을 쳐들고 있는

지상의 자작나무들이 보인다

그들의 눈은 산을 보고 있었다

—「신神과 산山」 전문

'신'과 '산'의 일 획 차이가 불러온 뜻밖의 결과가 작품 안에 담겼다. 미국 드라마 제목의 한 글자를 잘못 읽었는데 어느새 그 '오독'이 새로운 질서를 불러온 과정이 한 편의 시를 만들어 낸 것이다. 그 드라마는 흑인 여주인공이 진정한 자아와 삶을 찾아가는 내용을 담고 있었는데, 시인은 그 줄거리를 보면서 여성이 맞닥뜨렸을 수많은 '산'을 떠올린 것이다. 그것은 여주인공이 '산'에 오를 수 없었을 수많은 절망 앞에 내던져졌을 것이라는 생각 때문이다. 그런데 그렇게 수많은 여성들이 바라보았을 '산'은 어느새 '신'의 속성을 닮아 있지 않은가. 그들의 수많은 절망과 고통에 주목하면서 시인은 이러한 오독의 결과를 통해 새로운 질서를 얻게 된다. "눈이 흐려지면서 신들린 사람처럼/ 보이지 않던 것을 보게 되는 것" 말이다. 시인은 결국 "바닥을 붙들고 살아가는" 눈으로 "신의 높이"에 이른 것이다. "신의 영토" 아래 "기도처럼 또는 형벌처럼" 팔을 들고 선 "지상의 자작나무들"에게서 새로운 신성神聖을 발견하는 순간은 그렇게 '신=산'의 등식을 자연스럽게 불러들인 것이다. 이처럼 시인의 시선에 들어온 것은 "기다림의 심장이 두근거릴"(「잊혀진 문」) 찰나에 찾아온 "바닥을 기어 본 사람만이 삶의 진실을 아는 법"(『시인이라는 직업』)이다. 또한 그것은 "손끝에서 부풀어 오른/ 한 톨의 상상력"(『열쇠의 크기』)으로 온갖 "가벼움에 담긴/ 세상의/ 무게"(『깃털의 무게』)를 감당해 내는 작업이기도 할 것이다.

궁극적으로 이미혜의 시는 고통스러운 현실과 밝은 꿈 사이에서 발원하면서 그 꿈을 최대한 증폭하여 우리로 하여금 새로운 꿈을 발견하게끔 해 준다. 시인의 시선과 언어를 통해 우리는 사물이 상상력에 의해 변형되어 우리의 감각과 사유에 개입해 들어온다는 것을 실감한다. 그러한 경험은 시인과 독자를 육친적 교감에 이르게 해 주는 친화력을 선사하는 동시에 독자로 하여금 삶의 진정성에 눈뜨게끔 하는 인지적 충격도 만들어 낸다. 그 점에서 이미혜는 이성의 통제에 의해 알아 가는 현실이나 감정의 범람에 의해 얻어 가는 몽상을 배제하면서, 삶의 폐허를 치유할 수 있는 새로운 신성의 언어를 마련하여 현실과 꿈의 접점을 언표해 가는 시인이다. 자연스럽게 그것은 우리를 둘러싼 현실과 그것을 견디고 치유하려는 꿈 사이의 긴장에서 생성되는 기록으로 남을 것이다. 그녀가 '걸음'과 '산=신'을 회복하고 치유해 가는 리듬을 열망한 것도 새로운 신성의 차원으로 도약하려는 이러한 의지를 안은 밝은 품의 결과일 것이기 때문이다.

4. 가파른 역사를 기억하고 개진해 가려는 의지

마지막으로 우리가 만나게 되는 이미혜 시의 성격은, 우리 역사에서 일어난 사건들에 대한 그녀 특유의 기억과 사랑에 있다. 구체성과 역사성을 아울러 가지고 있는 이러한 '마음 씀'의 결과는 어둑한 삶을 이어 온 이들에 대한 가없는 연대감에 기초해 있다. 이로써 우리는 그녀의 시편이 바탕 삼고 있는 '사랑'이 얼마나 확산 가능한 세계로 충만해 있는가를 알게 된다. 그리고 속도전과 소모적 열정에서 자유롭지 못한 우리 시대에 그것이 대안적 사유로 모자람이 없음도 깨닫게 된다. 자기 탐구와 타자에 대한 관심을 결속하는 일은 이처럼 이미혜 시의 호환할 수 없는 기둥으로 자리한다. 이번 시집은 이러한 과제를 특유의 균형 감각 속에서 완성해 간 실례로서 그 안에는 우리의 척박한 역사를 기억하고 개진해 가려는 시인의 의지가 한껏 농울치고 있다. 시인은 동시대의 타자들에 대한 사랑과 관찰을 통해 이러한 세계를 성취해 간 것이다.

해마다 4월 이맘때면
연분홍 새끼손톱 같은
벚꽃 잎들 뺨을 적시고
가지 끝마다 노란 리본을 묶어
개나리꽃 꽃잎들 손을 흔든다

꽃은
짓무른 눈가에서도 피게 마련

그러나
꽃이 진 자리
저 우물같이 깊은 허공에서
살아 있는 것들의 뿌리가 자라는 걸
잊어서야 쓰겠는가

캄캄한 어둠에서 별을 줍듯
삶의 월력月曆에 총총히 박힌 죽음들
쓰디쓴 거름으로 길어 올려
봄마다 왈칵왈칵 꽃들을 토해 내는데

꽃이 진 자리
다시 봄꽃을 피워 올리는 것은
자연의 일이지만

꽃이 진 자리
바다처럼 깊은 허공을 기억하고 슬퍼하는 것은
사람의 몫이다

—「꽃이 진 자리」 전문

"꽃이 진 자리"는 그해 4월의 남녘 바다일 것이다. 그러나 해가 바뀌고 새로운 4월이 와도 시인은 "연분홍 새끼손톱 같은/ 벚꽃 잎들"이 뺨을 적시던 "노란 리본"의 순간을 잊지 못한다. 짓무른 눈가에 피어난 꽃들은 우물처럼 깊은 허공에서 "살아 있는 것들의 뿌리"가 되어 지금도 자라고 있기 때문이다. 어둠에서 별을 줍듯이 우리는 월력마다 총총히 박힌 죽음들에서 봄마다 꽃들을 목도한다. 그렇게 "꽃이 진 자리"가 다시 봄을 맞아 꽃을 피울 때 우리는 "바다처럼 깊은 허공을 기억하고 슬퍼하는" 일이 종료되지 않을 것을 예감한다. 그 오랜 애도의 시간은 이제 '사람'으로 살아가는 불가피한 실존적 몫이 된 것이다. 그렇게 우리도 시인과 함께, 역사의 "목격자가 된다는 것은/ 심장 속에 비수 한 조각을 품는 것"(『목격자』)일지라도 "허공의 빈칸에 띄엄띄엄 채워 넣은 슬픔"(『비밀』)을 가지고 "죽어서야 살아 있음이 알려진 이의 바닥"(『타협에 대하여』)을 노래해 갈 수밖에 없을 것이다. 비록 "울음의 모서리는 날카로워"(『우는 사람』)지지만, 그 울음의 연대야말로 "헐벗은 것들을 응시하며/ 적막과 고요를 견뎌야"(『겨울을 만지다』) 하는 역사의 속성을 느끼게끔 해 줄 것이기 때문이다.

그 섬에서 무슨 일이 있었는지
아무도 이야기하지 않았으므로
그 바다 그 들판 그 동굴
그 풍광 좋은 섬의 산기슭을 뒤덮은 것이 무엇이었는지

그 그림 같은 바닷가에 흐르던 것이 무엇이었는지

아무도 말하지 못했으므로
산책을 하고 입을 맞추고 그 섬에 살고 싶다고
아름다운 섬이라고 웃고 떠들었다
입을 다문 돌에게
숨을 죽인 바람에게
그 붉은 기억을 울컥거리는 동백꽃에게
뭍에서 온 외지인들이 함부로 말했다

…(중략)…

그 섬 바람 많은 섬
침묵으로 빚어진 거대한 울음덩어리
항쟁이라 할까 학살이라 할까
이름도 갖지 못하여 그저 사건이라고들 부르는
70년의 밤들로 이루어진 섬

겨울 초입 11월부터 새순이 움트는 4월까지
짠바람과 폭설을 맞으며
그 섬을 에워싸고
저 뭍을 향해 붉은 눈을 치뜨는 동백의 고향

저기 저 캄캄한 바다 한가운데

부모를 잃은 갓난아기가 백발 성성한 노인이 된

70년 세월이 묻힌

거대한 무덤 하나가

웅크리고 있다

—「그 섬 이야기」 전문

시인은 남녘 섬의 비극인 4·3을 떠올리면서 "그 섬 이야
기"를 한다. 섬에서 일어난 일은 충분히 이야기되지 못했지
만 "그 바다 그 들판 그 동굴"의 기억들은 그동안 우리에게
'침묵'과 '울음덩어리'로 붉은 목소리를 전해 주었다. 비록
"바람 많은 섬"에서 일어난 '항쟁'이자 '학살'은 오랜 세월이
지나도 그저 '사건'으로 남았지만, 겨울 초입부터 4월까지
바람과 폭설을 맞으며 뭍을 향해 붉은 눈을 치뜬 동백의 언
어를 통해 섬은 다시 '항쟁'과 '학살'의 순간을 회복해 간다.
"바다 한가운데/ 부모를 잃은 갓난아기가 백발 성성한 노인
이 된/ 70년 세월"을 들려주는 역사와 자연 앞에서 우리는
마음속에 무너지지 않는 "거대한 무덤 하나"를 들여놓게 되
는 것이다. 그렇게 시인의 기억은, 마치 "강철은/ 물과 불
사이에서 단련"(『강철은 어떻게 단련되는가』)되듯이, 수많은 역사
의 굽이마다 새롭게 길을 열어 가는 믿음과 실천으로 이어
져 간다. 이미혜의 시는 구체적인 역사의 사건들을 추적하
여 아직도 그것이 현실 한복판에 소용돌이치고 있음을 증언
하는 기록으로도 이렇게 값지다. 오랜 시간이 축적된 형식
으로서의 역사가 시인의 기억에 의해 재현되고 구성되는 현

146

장이 이번 시집에 가득 펼쳐지고 있는 것이다.

우리는 이미혜 시인이 아름다운 삶의 원리를 강조할 때나 고통스러운 상황을 증언할 때나 그것들이 모두 아스라한 기억을 매개로 하고 있음을 알게 된다. 그만큼 그녀의 시는 뭇 존재자들의 고통에서 발원하여 상상적 꿈으로 나아가는 비원悲願의 과정에서 씌어진다. 삶의 비극성을 새로운 생성적 경험으로 탈환하는 이러한 상상력은 그녀의 시로 하여금 시인 자신의 절실한 기억은 물론 새로운 삶을 향한 역설적 매혹을 함께 노래하게끔 해 준다. 이때 그녀는 이러한 의지와 열망의 순간을 한 편 한 편의 서정시로 정성스럽게 기록해 간다. 그것은 남다른 경험의 토로, 그리고 그것을 통한 반성적 사유의 연쇄에서 가능한 일이었을 것이다.

그 점에서 이미혜의 시는 우리가 구축하고 살아가는 굳은 관념들을 때로 품고 때로 넘으면서 새로운 상상적 질서를 재구축해 가는 과정에서 씌어지는 예술적 언어라고 할 수 있다. 시인은 이러한 서정시의 실존적 규정을 낱낱이 충족해 가면서 허물어져 가는 삶의 가치를 회복하려는 고전적 열망을 보여 준 것이다. 현실에서 불가능한 존재 전환을 통해 전혀 다른 신성한 곳으로 옮겨 가고자 하는 그녀의 의지는, 새로운 시공간에서 그 권역을 넓혔다가 다시 스스로에게 귀환하는 과정을 하나하나 밟아 간다. 이때 시인의 목소리는 때로 내밀하고 잔잔하게 때로 분노와 격정의 깊이를 얹어 발화되고 있다. 그래서 우리는, 바다처럼 깊은 허공을 기억하는 사랑의 마음이 더욱 심화되고 확장되어 그녀의 시가 더 많은 독자들 마음에 오래도록 아름답게 머무르기를 마음 깊이 소망해 보는 것이다.